KB269272

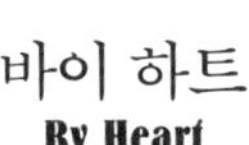

바이 하트
By Heart

바이 하트
By Heart

티아구 호드리게스
Tiago Rodrigues

이단비 옮김
Nyhavn 사진

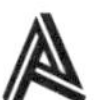

일러두기

- 2024 SPAF 해외 초청작 〈바이 하트By Heart〉 상연 대본을 기본으로 하였다.

- 바이 하트By Heart는 '마음으로 외우다'라는 뜻이다.

- 하단의 주는 옮긴이와 편집자 주이다.

- 파스테르나크의 시를 읊는 군중들의 결연함, 나데쥬다의 간절함, 어린 레이 브래드버리의 열정, 그리고 소네트를 외우는 할머니의 절실함을 전달하고자, 외우고 기억한다는 의미의 'learn by heart'를 한국어로 옮기면서 온 마음으로 외운다는 표현을 썼다.

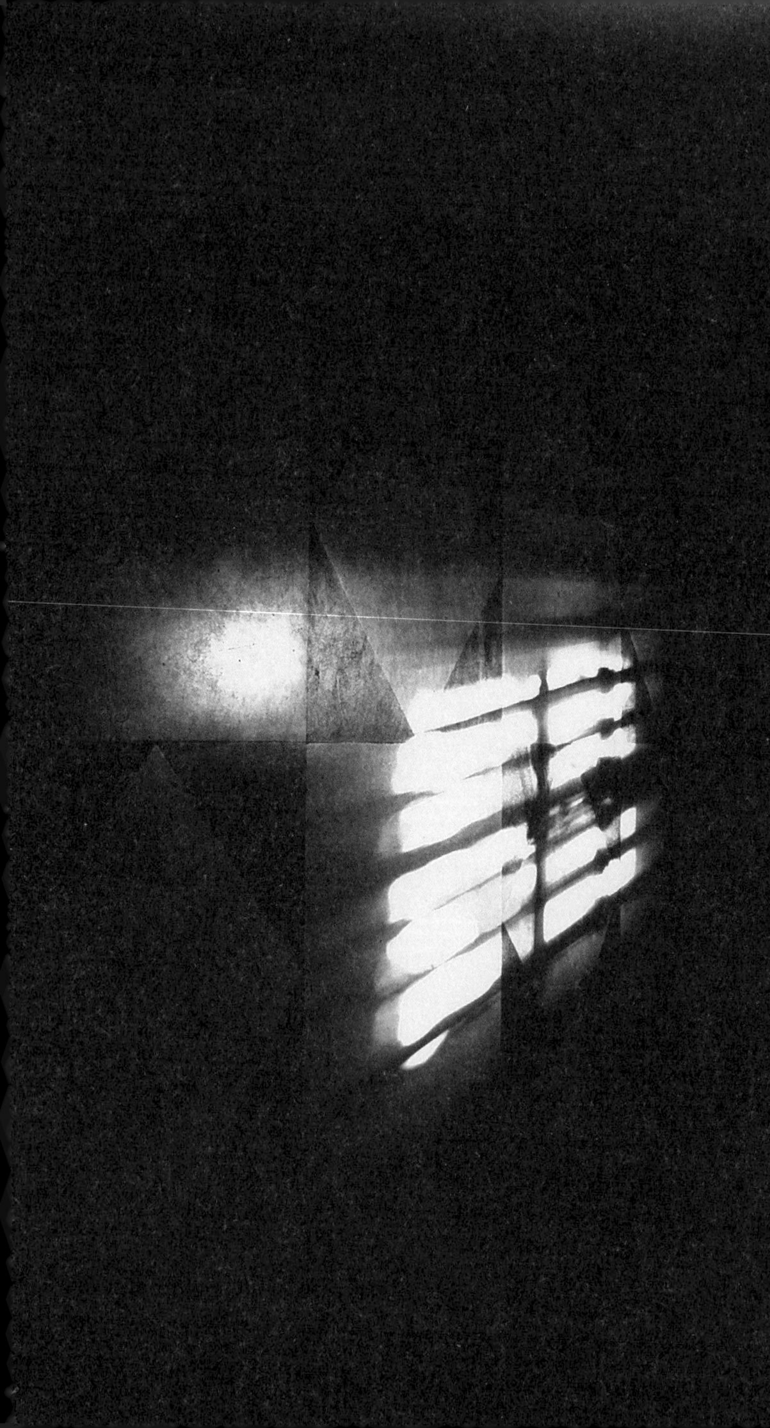

안녕하세요.

여기 무대 위에 열 개의 의자가 있습니다.

이 의자를 채워줄 열 명의 관객이 필요합니다.

열 명의 관객은 문장을 외우게 될 것입니다.

짧은 문장입니다. 그렇게 어렵지 않아요.

그렇다고 아주 쉽지도 않아요. 도전할 만합니다.

할 수 있어요.

연기할 필요도 없고,

이상한 행동을 해야 하는 것도 아닙니다.

아주 정상적이고 침착하게 진행될 예정이에요.

그냥 몇 문장만 외우면 됩니다.

여러분을 인형처럼 조종하지도 않을 거예요.

그런 경우가 생기더라도 아주 조심스럽게 하겠습니다.

열 개의 의자가 다 채워지면 공연이 시작됩니다.

감사합니다.

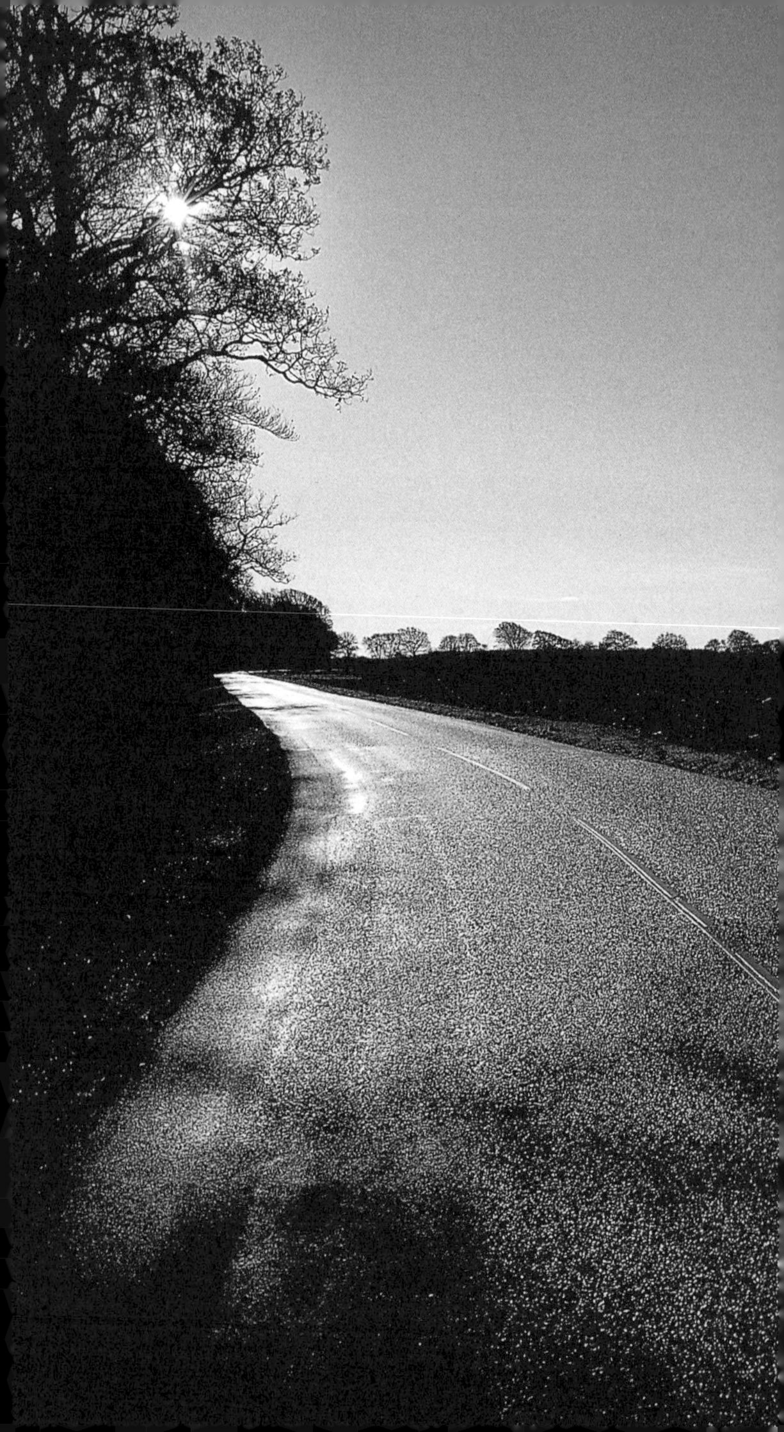

할머니가 계신 마을에 갔다가 집에 돌아올 때면

저는 선물을 한가득 들고 와요.

잼, 소시지, 치즈, 올리브오일, 올리브, 아몬드.

한번은 할머니 집에서 책들을 가지고 왔어요.

책으로 가득 채워진 나무 상자들을.

과일을 나를 때 사용하는 그런 나무 상자들 있잖아요.

그리고 그 순간, 한 TV 프로그램이 떠올랐어요.

몇 년 전에 본 프로그램이었는데,

네덜란드 텔레비전 채널 VPRO에서 제작했어요.

할머니 집에 다녀온 후 그 프로그램을 찾아봤습니다.

〈아름다움과 위로Van de Schooneid en de Troost〉라는

다큐멘터리로, 작가는 저널리스트 빔 카이저였어요.

〈아름다움과 위로〉에는 빔 카이저가 조지 스타이너*를

인터뷰하는 에피소드가 있습니다.

✦ 20세기 가장 중요한 문학 비평가이자 번역 이론가 중 한 명이다. 역사
와 인간의 경험을 담아내는 문학의 중요성을 역설하며 특히 홀로코스트
에 대한 깊은 성찰을 했다. 다양한 언어 구사 능력을 토대로 번역 이론
에도 기여했다.

저는 그 에피소드를 컴퓨터에 내려받았어요.

그러고는 온전히 사로잡혔습니다. 온전히.

매일 보고 또 봤습니다.

매일 밤 잠들기 전에 똑같은 이야기를 들려달라고

보채는 아이처럼.

결국 저는 그 이야기를 마음By Heart으로

외우게 되었습니다.

조지 스타이너가 안락의자에 앉아 있고

그 뒤로는 책들이 빼곡한 책장이 보입니다.

그는 검은색과 하얀색 줄무늬 셔츠에

검정 넥타이를 매고 빨강 조끼를 입고 있어요.

나이 든 학자의 전형적인 모습이죠.

그런데 이따금 그의 얼굴에는 어린아이 같은

열정이 드리워져요.

✦/인용 시작/✦

조지 스타이너. 1937년. 소련작가동맹 회의.

최악의 해였어요. 최악의 해 중 하나였죠.

사람들이 파리 떼처럼 매일같이 죽어나갔습니다.

보리스 파스테르나크✦의 친구들이

그의 주위로 모여들어 말했습니다.

"회의에서 발언하면 자네는 체포될 거야.

하지만 발언하지 않아도 자네는

역설적 불복종으로 체포될 거야."

그 자리에는 이천 명의 사람들이 모여 있었습니다.

스탈린주의자인 정치 암살자 즈다노프✦✦도

무대 위 단상에 앉아 있었습니다.

회의는 3일간 이어졌습니다.

모든 연설은 스탈린 동지에 대한 찬사로 가득했죠.

아버지 스탈린에 대한 찬사.

진실이라는 새로운 스탈린주의 모델에 대한 찬사.

✦ 소련의 시인이자 《닥터 지바고》의 작가이다. 1958년에 노벨 문학상 수상자로 결정되지만 《닥터 지바고》가 러시아 혁명을 비판하는 내용을 담고 있다는 이유로 소련 정부와 소련작가동맹으로부터 압력을 받아 수상을 거부했다.

✦✦ 안드레이 즈다노프는 소련 공산당의 고위 간부로, 특히 문화와 예술 분야에서 큰 영향을 미친 인물이다. 그는 소련의 문학과 예술을 국가 이념과 일치시킬 것을 주장하며 '사회주의 리얼리즘'을 공식적인 예술 형식으로 채택하여 정치적 통제를 시도했다.

보리스 파스테르나크는 계속해서 침묵을 지켰어요.

3일째 되던 날,

친구들이 다시 한번 그의 주위로 모여들었습니다.

"보리스, 뭘 하든지 간에 자네는 체포될 거야.

부탁이야. 자네가 감옥에 있는 동안

우리가 간직할 수 있는 말을 해줘."

파스테르나크는 놀랍도록 아름다운 사람이었어요.

180센티미터가 넘는 큰 키에 그가 일어서면

모두가 알아차릴 정도였죠.

파스테르나크가 일어섰습니다.

들리는 말로는 그 순간의 정적이

블라디보스토크까지 전해졌다고 합니다.

파스테르나크가 단상 위에 서더니

숫자 하나를 외쳤어요. 숫자 하나를.

그러자 이천 명의 사람들도 일제히 일어났습니다.

그 숫자는 셰익스피어의 소네트✦ 중 하나를 의미했고,

✦ 유럽 정형시의 한 종류다. '작은 노래'라는 뜻으로 이탈리아어 소네토 sonetto에서 유래했다. 르네상스 시기에 이탈리아에서 만들어졌으나 영국 으로 전해져 영국 시를 대표하는 시 형식의 하나가 되었고, 셰익스피어는 154개의 소네트를 남겼다.

파스테르나크는 러시아어로 이 소네트를 번역했습니다.
러시아인들은 푸슈킨의 글과 함께
파스테르나크가 번역한 이 소네트를
자신들의 가장 위대한 유산 중 하나로 여긴다죠.

✦

감미롭고 고요한 명상에 잠기어
지나간 옛 기억을 불러올 때면

✦

셰익스피어의 소네트 중 하나로
기억에 대한 것입니다.
파스테르나크가 단상에 올라서서
소네트의 숫자를 외치자
군중이 그 소네트를 외워서 읊기 시작했어요.
이천 명의 사람들이.
그 안에는 모든 것이 담겨 있었죠.
이렇게 말하고 있었습니다.
당신들은 우리를 건드릴 수 없다.
당신들은 셰익스피어를 파괴할 수 없다.

당신들은 러시아어를 파괴할 수 없다.

당신들은 파스테르나크가 우리에게 준 것을

우리가 온 마음으로 외우고 있다는 사실을

파괴할 수 없다.

결국 파스테르나크는 체포되지 않았습니다.

정말 멋진 일화죠.

＋

감미롭고 고요한 명상에 잠기어

지나간 옛 기억을 불러올 때면,

내가 찾던 많은 것들을 이루지 못함에 한숨짓고,

옛 슬픔이 밀려와 귀한 시간 허비했음을 새삼 한탄하네.

죽음의 끝없는 밤 속에 묻힌 소중한 친구들을 위해

메말랐던 눈이 눈물에 잠기고,

오래전 끝난 사랑의 고통에 다시 눈물짓고

사라져간 여러 모습의 상실을 애도하네.

그러면 지나간 아픔을 다시 아파하며,

무거운 심정으로 비통한 사연을 일일이 헤아려

그 슬픈 사연들을 되풀이하여 말하고,

진작에 그 값을 치렀는데도 다시 치르네.

그러나 친구여, 그대를 생각하면,
모든 아픔은 치유되고 슬픔은 끝이 나네.
✦

이 소네트는 러시아어로도 사람들의 마음을
사로잡는다고 합니다.
✦/인용 끝/✦

윌리엄 셰익스피어의 〈소네트 30〉.
무대 위에 앉아 있는 열 명의 관객 분들은 오늘
이 소네트를 외우게 될 것입니다.
사실 열 분이 모두 소네트를 다 외워야만
공연은 비로소 끝이 납니다.

✦

감미롭고 고요한 명상에 잠기어
지나간 옛 기억을 불러올 때면
✦

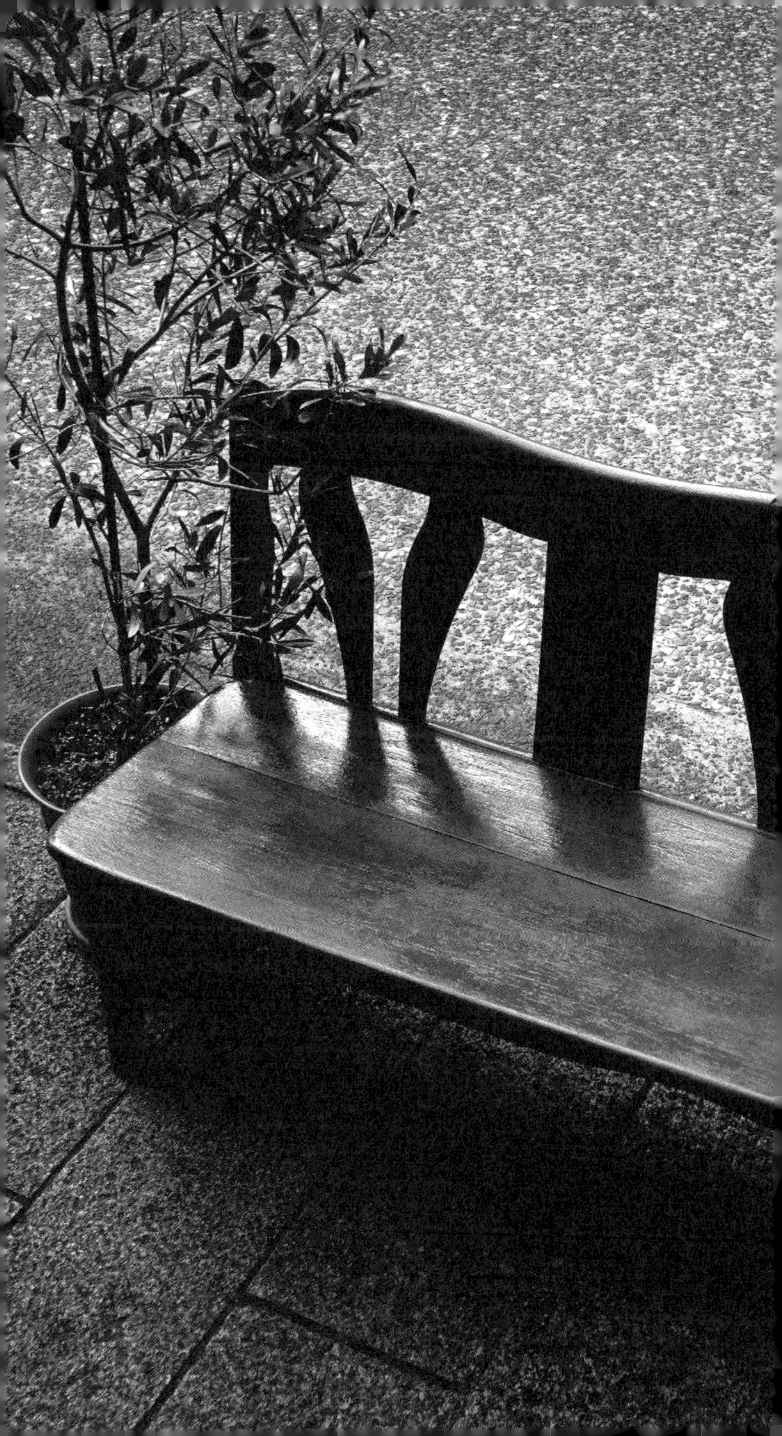

관객들은 시행을 반복해서 외운다….

　✦

감미롭고 고요한 명상에 잠기어

지나간 옛 기억을 불러올 때면

　✦

〈소네트 30〉의 2행입니다.

✦/인용 시작/ ✦

〈아름다움과 위로〉, 조지 스타이너.

우리는 기억을 통해서 존재하며 우리가 내면에

지니고 있는 것은 그 누구도 빼앗아가지 못합니다.

이것이 정확히 어떤 의미인지 설명해보겠습니다.

우리는 20세기를 살아가면서 그들이 우리의 모든 것을

빼앗아갈 수 있다는 사실을 경험했습니다.

집, 가족, 생계.

우리 모두는 방랑자들로,

이 세상에서 그저 사냥감에 불과합니다.

이런 사실이 이번 세기의 역사를 정의하고 있습니다.

심지어 지금도 세계 곳곳에서 사람들은,

말하자면 유대인과 같은 처지나 다름없습니다.

사냥감이 되는 것이죠. 사냥꾼이 되거나.

하지만 우리 내면에 지닌 것은 놈들도

건드리지 못합니다.

비르케나우 수용소에서 전해지는 이야기입니다.

수감자 중에 도서관 사서가 한 명 있었는데,

그는 폴란드의 유명한 유대계 신학교를 나왔습니다.

기억력이 놀라울 정도로 뛰어났어요.

《모세 5경》은 물론이고《탈무드》,《미드라쉬》,

《미쉬나》도 대부분 외우고 있었습니다.

그 사서는 수용소에서 수감자들에게 말했어요.

"읽고 싶은 것이 있으면, 와서 내 안에서 읽어요.

나라는 책을 펼쳐서 봐요."

감동적인 모습이죠.

"내 안에 책이 있으니 와서 읽어요.

책들을 잃어버렸다고 걱정하지 말아요. 나를 읽어요."

✦/인용 끝/✦

이 사서와 동시대 인물 중에

그의 어두운 버전 같은 존재가 있습니다.

다스 베이더 같은 존재. 바로 아돌프 히틀러입니다.

나치의 건축가이자 히틀러의 친구였던

알베르트 슈페어에 의하면,

히틀러는 언제라도 연필과 종이 한 장만 있으면

역사적 건축물들로 가득한 도시, 빈의 링 거리를

축소해서 사진처럼 정밀하게 그릴 수 있었다고 해요.

히틀러는 열여덟에서 스물네 살까지 빈에서 살았고,

그 시절엔 화가를 꿈꿨습니다.

한번은 히틀러가 회의 중에 그린 낙서를

링 거리의 사진들과 비교해봤더니

건물들에 그려진 창문들의 숫자가

실제와 동일했다는 겁니다.

이 나무 상자에 담겨 있는 책들 중에

F. 스콧 피츠제럴드의 소설 《밤은 부드러워》가 있어요.

소설에는 주인공 딕 다이버가 친구들과 함께

파리 생 라자르 역에 있는 장면이 나옵니다.

기차를 타고 떠나는 친구에게 작별을 고하기 위해서죠.

그런데 기차가 떠나려는 순간 플랫폼에서

한 여자가 총을 꺼내어 자신의 연인을 쏴버립니다.

이 죽음은 소설의 나머지 플롯과 전혀 관련이 없습니다.

기차가 떠날 때 그들이 목격하는

하나의 사건에 불과합니다.

이 장면은 오로지 딕 다이버가 친구들에게

이렇게 묻기 위해 존재할 뿐입니다.

"우리는 언제까지 떠나가는 기차를 보며

저 총성을 떠올려야 할까?"

✦

감미롭고 고요한 명상에 잠기어

지나간 옛 기억을 불러올 때면

✦

감미롭고 고요한 명상에 잠기어

지나간 옛 기억을 불러올 때면,

내가 찾던 많은 것들을 이루지 못함에 한숨짓고,

옛 슬픔이 밀려와 귀한 시간 허비했음을 새삼 한탄하네.

✦

관객들은 시행을 반복해서 외운다….

　　✦

　내가 찾던 많은 것들을 이루지 못함에 한숨짓고,
　옛 슬픔이 밀려와 귀한 시간 허비했음을 새삼 한탄하네.
　　✦

〈소네트 30〉의 4행입니다.

제가…

할머니 집에 다녀온 후, 그러니까

〈아름다움과 위로〉라는 TV 프로그램에

푹 빠지게 된 그 방문이요,

저는 조지 스타이너에게 편지를 쓰기로 결심했습니다.

포르투갈에 있는 스타이너 교수의 담당 출판사

'힐로지 다쿠와'를 통해서

케임브리지 대학교 연구실로 편지를 보냈어요.

그 편지를 지금 읽어드리겠습니다.

외우지는 못합니다.

제가 편지의 내용을 외우지 않은 이유는

스타이너 교수가 했던 말 때문입니다.

"사람들이 정말 좋아하는 시나 산문에 바칠 수 있는
가장 값진 헌사는 그것을 외우는 것입니다.
머리가 아니라, 마음으로, 온 마음으로."

제가 쓴 편지입니다.
마음으로 외울 만큼 좋아하지는 않아요.
지금 읽어드릴게요.

스타이너 교수님께.
산 너머에 있는 작은 마을 하나를 상상해보세요.
그 마을 너머에는 깊고 위험한 강이 흐릅니다.
산은 아몬드나무와 포도나무로 뒤덮여 있어요.
올리브나무와 오렌지나무들도 몇 그루 보이고요.
스무 채의 집들을, 그곳에 흐르는 정적을 상상해보세요.
반세기 전만 해도 아주 시끌벅적한 마을이었습니다.
그때도 지금처럼 스무 채의 집들이 전부였지만,
아주 시끌벅적했죠.
아이들이 뛰어놀았고, 가족들이 살았고,
서른 마리가 넘는 당나귀들이 있었어요.

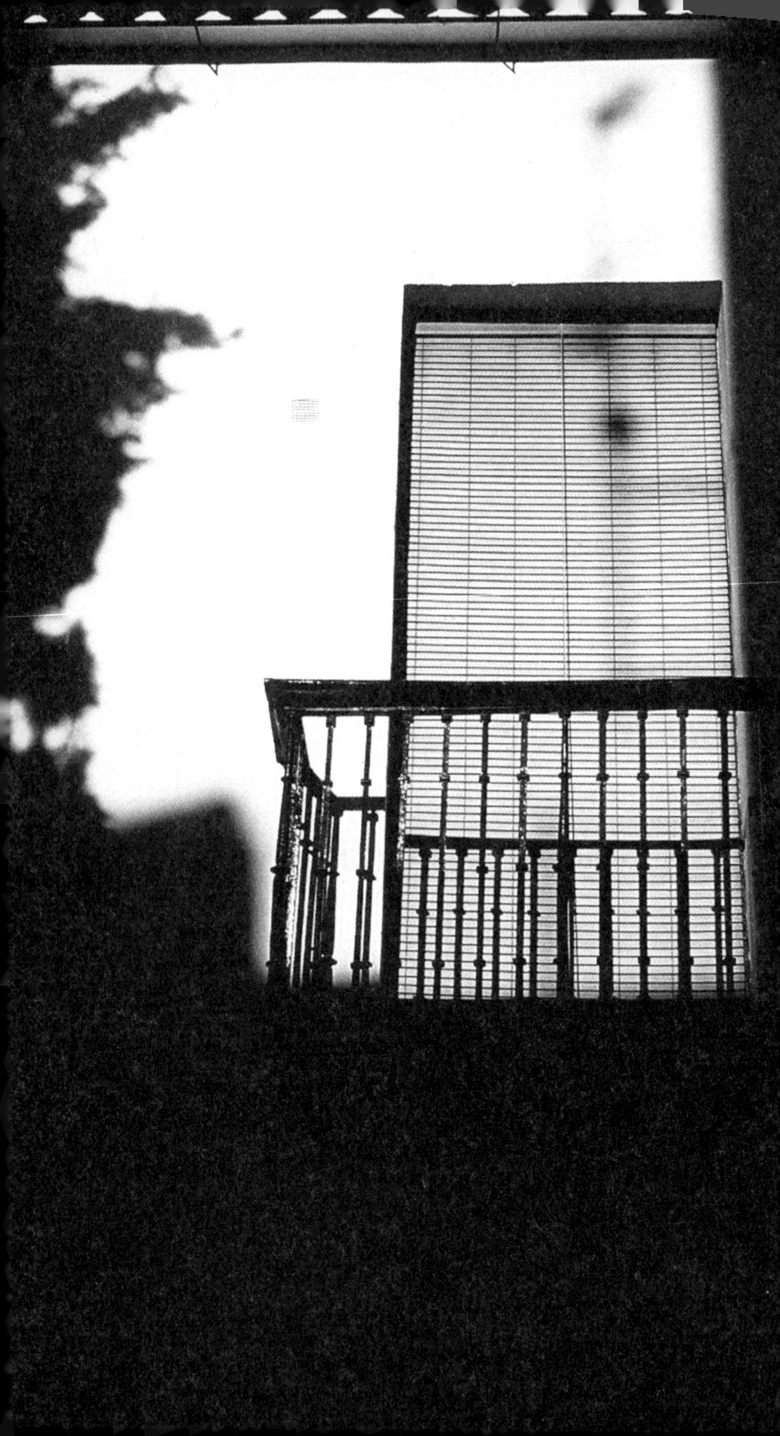

하지만 이제는 노인들만 살아요.

당나귀는 두 마리 뿐이고. 그것도 노쇠한 당나귀 두 마리.

마을 한가운데에 있는 집도 상상해보세요.

양로원이랍니다.

노인들만 사는 마을에 있는 노인들의 집.

바로 그곳에 우리 할머니가 살고 있어요.

제가 상상해보라고 한 모든 것들은 실제로 존재합니다.

마을 한가운데 양로원이 실제로 존재해요.

정적도, 우리 할머니도 실제로 존재합니다.

할머니 이름은 칸디다입니다.

1919년에 태어나 지금은 아흔셋이 되셨습니다.

칸디다 할머니는 어릴 적에 아주 총명한 아이였어요.

할머니에게 읽기를 가르쳐준 선생님은

할머니가 계속해서 공부하기를 원할 정도였죠.

하지만 열 살이 되자 할머니는 가족의 생계를 돕기 위해

일을 시작해야만 했어요.

그래도 할머니는 계속해서 글을 읽었습니다.

손에 잡히는 것은 무엇이든 읽었어요.

그러다 할아버지를 만나 결혼하고

함께 여관을 운영하셨어요.

할머니는 대구를 튀기고 양고기를 오븐에 구웠습니다.

할머니의 음식을 맛보기 위해 아주 멀리서도

사람들이 찾아왔어요.

할머니는 20세기 대부분을 요리사로 사셨습니다.

제2차 세계대전이 터졌을 때는 대구 요리를 만드셨고,

쌍둥이 빌딩이 무너졌을 때는 양고기 요리를 만드셨어요.

할머니에게는 세 명의 아들이 있었는데,

애써 자식들을 모두 대학에 보냈습니다.

그러면서도 할머니는 계속해서 글을 읽었습니다.

할머니는 아들 중 두 명을 잃었습니다.

한 명은 전쟁 중에 아프리카에서,

다른 한 명은 리스본에서 교통사고로.

유일하게 살아남은 아들이 바로 기자가 된

우리 아버지입니다.

기자 아들은 닥치는 대로 글을 읽는

할머니의 습관을 물려받았어요.

할머니는 유일하게 살아 있는 기자 아들에게

마을에 찾아올 때면 책을 가져다달라고 부탁했어요.

책에 나오는 문장들을 외워서 소리내어 읽던

할머니의 목소리가 지금도 생생히 기억납니다.

그러던 어느 날, 할머니와 할아버지는 여관을 팔았어요.

두 분은 늙어가고 계셨죠.

하지만 할머니는 글을 읽는 것은 멈추지 않았어요.

그러다 할아버지가 돌아가셨습니다. 어느 날 갑자기.

할머니 표현에 의하면 "마치 한 마리의 새처럼"

떠나가셨어요.

할머니는 계속해서 글을 읽었습니다.

이제는 글 읽는 것을 방해할 그 누구도 없으니까요.

어느 날 더 이상 몸이 말을 듣지 않자

할머니는 양로원에서 살기로 결심했습니다.

어느덧 배우가 된 손자인 제가,

할머니를 보러 갈 때면 책을 가져가기 시작했어요.

한 번 갈 때마다 한 상자씩.

내부분은 소설이나 시집이었어요.

할머니는 책들로 채워진 과일 나무 상자들을

침대 밑에 보관하셨어요.

얼마 지나지 않아 할머니는 제 작은 도서관의 책들을

모두 다 읽으셨죠.

그런데 마지막 방문 때, 할머니가 더 이상 책을

가지고 오지 말라고, 심지어 침실에 있는 책들까지
모두 가져가라고 하시는 거예요.
할머니는 시력을 잃어가고 있었어요.
이대로 몇 개월이 지나면 더 이상 아무것도
볼 수 없게 될 지경이었고, 책을 읽으면 읽을수록
시력은 더 빨리 악화될 뿐이었죠.
제 생각이지만 할머니는 실명을 늦추기 위해
책들을 없애고 싶어 하셨던 것 같아요.
할머니가 어느 날 저에게 부탁을 하나 하셨습니다.
책 한 권을 외우고 싶다는 것이었어요.
남은 시간이 얼마든지 간에 책 한 권을 꼭 외우고 싶다고.
할머니 기억 속에 안전하게 남아 있을 책 한 권.
더 이상 눈이 보이지 않아도 마음으로 읽을 수 있는 책을.
할머니는 읽고 있는 책의 문장들을
마음속으로 외우는 것을 좋아하셨어요.
여러 가지 물건들의 목록들도,
강이나 마을의 이름들도.
수수께끼 내는 것도 좋아하셨는데
할머니의 수수께끼를 들으며 잠들던 밤이
아직도 기억나요.

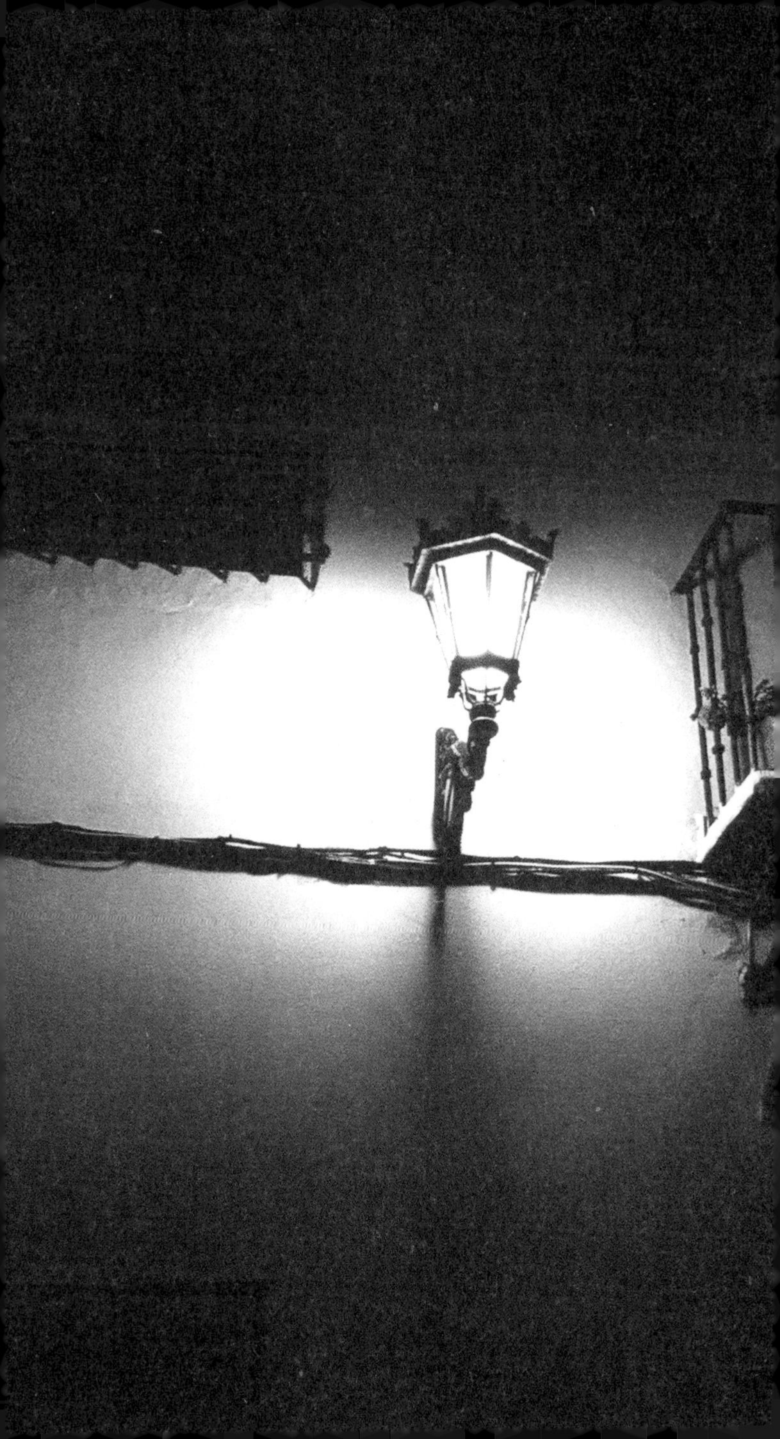

답은 절대로 알려주지 않으셨습니다.

그러면 수수께끼들이 제 꿈에 나타났죠.

"우리는 쌍둥이 자매로 발가벗거나 옷을 입고 있습니다.

그러나 우리는 서로를 절대로 바라볼 수 없고

절대로 화를 내지 않습니다." 정답은?

바로 귀입니다.

"우리는 쌍둥이 자매예요." 왜냐하면 서로 모습이

닮아 있으니까요. "발가벗거나 옷을 입고 있죠."

귀걸이 때문입니다. "우리는 서로를 절대로

바라볼 수 없어요." 머리의 반대편에 달려 있잖아요.

"절대로 화를 내지 않습니다." 이것은 이유를

잘 모르겠어요. 미스테리입니다.

"난 초록 옷을 입고 태어났지만 지금은 애도 중인 것처럼

검정 옷을 입고 있어요. 이 세상을 밝히기 위해

난 수천 번의 고통을 이겨내요." 정답은?

올리브입니다.

"난 초록 옷을 입고 태어났지만 검정 옷을 입고 있어요."

올리브가 익으면서 검정색으로 변하기 때문이죠.

"난 수천 번의 고통을 이겨내요."

올리브 열매가 올리브오일이 되려면

완전히 으깨져야 하거든요.

"이 세상을 밝히기 위해." 과거에는 올리브오일을
연료로 사용하는 램프가 있었어요.

"그녀는 가장 품위 있는 여성으로, 집을 벗어나는
일이 없지만 항상 축축합니다." 정답은?

혀입니다.

이제 할머니는 마지막으로 책 한 권을
외우고 싶어 합니다.

마지막 책.

저에게 그 책을 골라달라고 하셨어요.

친애하는 교수님,

이쯤 되니 제 고민의 심각성을 아시겠죠?

시간에 쫓기 채,

저는 이 힘겨운 미션을 수행해야 합니다.

조언을 구하고 싶어요. 어떤 책이 좋을까요?

마지막 책으로?

거절하셔도 괜찮습니다.

교수님이 책임져야 할 일이 아니니까요.

사실 저도 할머니 부탁을 거절할까 고민했어요.

그런데 설득당하고 말았습니다.

시간 내주셔서 감사합니다.

✦

감미롭고 고요한 명상에 잠기어

지나간 옛 기억을 불러올 때면,

내가 찾던 많은 것들을 이루지 못함에 한숨짓고,

옛 슬픔이 밀려와 귀한 시간 허비했음을 새삼 한탄하네.

✦

이 편지를 읽을 때마다,

미국 작가 제임스 볼드윈✦의 문장이 떠올라요.

"우리는 항상 우리의 고통이 역사상

전례 없는 일이라고 생각하지만,

책을 읽으며 비로소 깨닫게 된다⋯."

✦ 20세기를 대표하는 흑인계 미국인 소설가, 극작가. 주로 인종, 성정체
성, 종교, 미국 사회의 불평등을 주제로 삼았고, 흑인 민권 운동에 적극
적으로 참여했다.

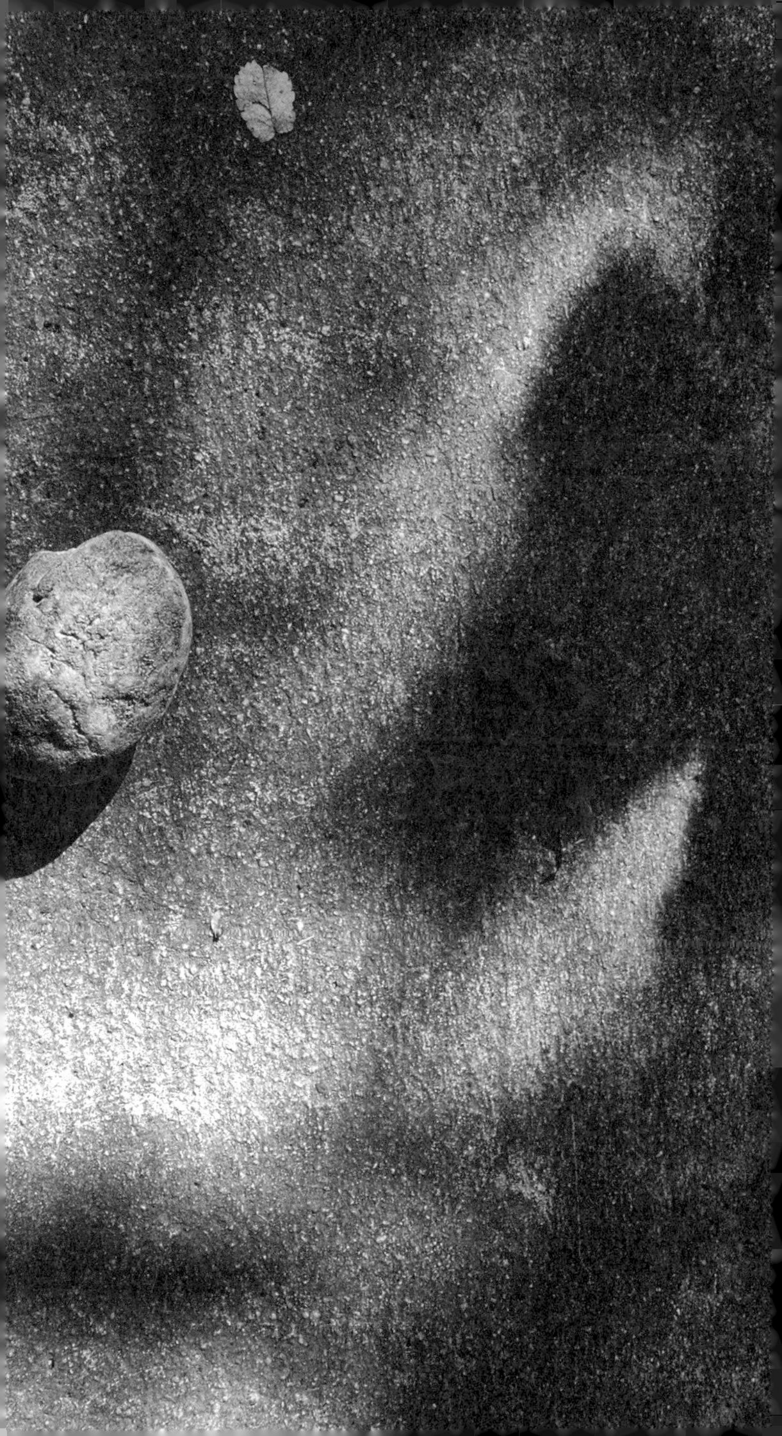

✦

감미롭고 고요한 명상에 잠기어

지나간 옛 기억을 불러올 때면,

내가 찾던 많은 것들을 이루지 못함에 한숨짓고,

옛 슬픔이 밀려와 귀한 시간 허비했음을 새삼 한탄하네.

죽음의 끝없는 밤 속에 묻힌 소중한 친구들을 위해

메말랐던 눈이 눈물에 잠기고,

오래전 끝난 사랑의 고통에 다시 눈물짓고

사라져간 여러 모습들의 상실을 애도하네.

✦

관객들은 시행을 반복해서 외운다….

〈소네트 30〉의 8행입니다.

여기 이 상자에 책 한 권이 들어 있습니다.

레이 브래드버리의 《화씨 451》입니다.

할머니 집에 다녀온 후,

저는 여러 책들 가운데 이 책을 찾았어요.

제가 할머니한테 빌려준 책이 아니었습니다.

심지어 읽어본 적도 없는 책이었죠.

나무 상자 안에서 발견한 이 책의 페이지들을

넘겨보다가 아주 흥미로운 것을 발견했어요.

1971년 리스본의 한 영화관에서 만든

팸플릿이었습니다.

브래드버리의 소설을 원작으로 만든

프랑수아 트뤼포의 영화 〈화씨 451〉의 팸플릿이었죠.

이것을 발견했을 때, 저는 이 책의 전 주인이 책을 읽다가

트뤼포의 영화를 보러 간 것이라 짐작했어요.

저는 기자인 아버지에게 이 책이 당신 것인지 물었어요.

그럴 수도 있다고 하셨어요. 그럴 수도, 아닐 수도.

"1971년에 트뤼포의 영화를 보셨어요?"

그럴 수도 있다고 하셨어요. 그럴 수도, 아닐 수도.

그다지 기자다운 대답은 아니라고 생각했습니다.

저는 책을 읽기 시작했습니다.

할머니가 책 한 권을 외우기로 마음먹은 그때

이 책을 발견하게 되었다는 사실이

놀라운 우연처럼 느껴졌습니다.

관객 분들께서는 이 책을 읽으셨을지도 모르겠어요.

그런데 혹시나 저처럼 읽어보지 못한 분들을 위해서

그 내용을 간략하게 설명할게요.

주인공의 이름은 몬태그, 그는 소방관입니다.

그런데 이야기는 소방관들이 더 이상 불을 끄지 않는

미래의 어느 시대로 설정되어 있어요.

소방관들이 불을 질러요.

더 구체적으로 말하면 도서관들을 불태웁니다.

책들을 태우죠. 그게 그들의 임무예요.

금지된 책들을 태워버려요.

금지된 책들은 널리고 널렸습니다.

소방관들은 도시를 돌며 금지된 책들이 있는

집을 찾아서 그 집이 재가 될 때까지 태워버립니다.

'화씨 451'은 책이 타기 시작하는 온도를 의미해요.

이 온도에서 종이가 자연연소하게 되죠.

'화씨 451'은 섭씨 232도입니다.

인터넷에서 찾아봤어요.

책을 읽다가 빨간색 밑줄이 그어져 있는 페이지들이

눈에 들어왔어요.

할머니가 밑줄을 그은 것일까?

이 책의 원래 주인이 그은 것일까?

아니면 기자인 우리 아버지였을까?

아버지한테 묻는 것은 별로 도움이 안 될 것 같았어요.
저는 빨간색 밑줄이 그어진 문장들을 읽고 또 읽었어요.
그리고 온전히 사로잡혔죠. 온전히.
결국 그 문장들을 외우게 되었습니다.

✦/인용 시작/✦

레이 브래드버리의《화씨 451》.
엔진이 쾅 하고 멈추었다. 비티, 스톤맨, 블랙은
갑자기 불쾌한 모습으로 인도로 뛰어 올랐다.
몬태그가 뒤따랐다. 그들은 현관문을 부수고 들어가
한 여자를 붙잡았다. 정작 그 여자는 도망치거나
탈출하려는 기미조차 없었다. 그저 몸을 비틀거리며
머리를 세게 얻어맞은 사람처럼 멍하니 벽을 응시하며
서 있었다. 여자의 입안에서 혀가 꿈틀거렸고
눈은 힘겹게 무엇인가를 기억해내려는 것 같았다.
생각이 났는지 여자의 혀가 다시 움직였다.
"당당하게 굴어요, 마스터 리들리. 오늘 우리는 신의
은총으로 영국에 촛불을 밝힐 것이고, 이 불꽃은
영원히 꺼지지 않을 것입니다."

"그만 해!"

비티 서장이 말했다.

"어디에 있어?"

그는 눈 하나 깜짝하지 않고 여자의 뺨을 때리더니

질문을 반복했다. 늙은 여인의 눈은 비티를 응시하며

초점이 돌아왔다.

"어디에 있는지 알고 왔을 거 아니야?

아니면 안 왔겠지!"

여자가 말했다.

"좋아, 어서 시작하자고!"

그들은 순식간에 잠겨 있지도 않은 문을 애써

손도끼로 박살내더니 퀴퀴한 냄새가 나는 어둠 속으로,

마치 신나서 날뛰는 소년들마냥 몰려 들어갔다.

"조심해!"

책들이 폭포수처럼 몬태그 위로 쏟아졌다.

책들이 그의 어깨, 팔, 얼굴 위로 마구 떨어졌다.

책 하나가 순종적인 하얀 비둘기처럼 그의 손에

내려앉아 날개를 파닥거렸다. 희미하게 일렁이는

빛 속에서 책의 한 페이지가 새하얀 깃털처럼

펼쳐져 있었고, 그 위에 글자들이 섬세하게

새겨져 있었다.

이 혼란과 광기 속에서 몬태그는 겨우 한 줄을 읽었을 뿐이지만, 그 글자들은 불타는 강철로 새겨지듯 그의 마음속에서 타올랐다.

"시간은 오후의 햇살 속에서 잠들어버렸다."

그는 책을 떨어뜨렸다. 곧바로 또 다른 책이 그의 팔에 떨어졌다.

"몬태그, 올라와!"

몬태그의 손은 입처럼 꽉 닫혔고, 정신 나간 사람처럼 거칠게 책을 가슴에 움켜쥐었다. 위층에서는 동료들이 먼지 가득한 공기 속으로 잡지들을 삽으로 퍼서 던져 올렸다.

잡지들이 도살된 새처럼 우수수 흩어져 떨어졌다. 그 아래에 여자가 조용히 서 있었다.

책들의 시체 더미 사이에 서 있는 어린아이처럼. 몬태그는 아무 짓도 하지 않았다. 모든 것은 그의 손이 저질렀다. 자신만의 뇌를 가진 손이, 떨리는 손가락 하나하나에 양심과 호기심을 품고서 도둑이 되어버렸다. 어느새 그의 손가락들은 땀에 젖은 겨드랑이 사이로 책을 껴 넣더니 마술사의 현란한 손짓처럼 재빨리

빈손을 꺼내 보였다.

"봐! 아무것도 없지! 봐!"

"몬태그! 그렇게 바보같이 서 있을 거야?!"

비티가 말했다.

"등유!"

그들은 책 한 권 한 권에 기름을 붓고 방 안 전체를
가득 채워 부었다. 그리고 서둘러 계단을 내려갔다.

몬태그는 기름 냄새에 비틀거리며 따라 내려갔다.

"어서 가요!"

여자는 책들 사이에 무릎을 꿇고 등유에 흠뻑 젖은
가죽 껍데기와 종이를 어루만지며 손가락으로
금박 제목을 읽어내려갔다. 그 눈빛은 몬태그에 대한
비난으로 가득했다.

"어서 가자고요!"

여자는 고개를 저었다.

몬태그는 여자의 팔꿈치를 잡았다.

"같이 나갑시다."

"아니요."

여자가 대답했다.

"그래도 고마워요."

"자, 열을 세겠다."

비티가 말했다.

"하나, 둘."

"제발."

몬태그가 재촉했다.

"계속해요."

여자가 말했다.

"셋, 넷."

"가요."

몬태그가 여자의 팔을 끌었다.

여자는 담담하게 입을 열었다.

"여기 남고 싶어요."

"다섯, 여섯."

"그만 세도 돼요."

여자가 말했다.

그리고 손가락을 천천히 펼치자 손바닥에 가느다란
물체가 보였다. 부엌에서 쓰는 평범한 성냥개비.
남자들은 성냥개비를 보자마자 허둥지둥 밖으로
뛰쳐나갔다. 여자의 손이 성냥개비 위에서 움찔했다.
등유 냄새가 여자 주위로 피어올랐다.

몬태그가 몰래 가지고 나온 책이 그의 가슴을

심장처럼 쾅쾅 치는 것만 같았다.

"나가요."

여자의 말에 몬태그는 주춤주춤 뒤로 물러나 문밖으로

나갔고 계단으로 내려가 잔디밭을 가로질러갔다.

그곳에는 등유의 자국이 마치 사악한 달팽이의

흔적처럼 나 있었다.

여자는 베란다로 나와 그들을 향해 서서 경멸에 찬

손짓으로 성냥개비를 난간에 세차게 긁었다.

사람들이 집에서 뛰쳐나와 거리로 달려나갔다.

"마스터 리들리."

마침내 몬태그가 입을 열었다.

"뭐라고?"

비티가 물었다.

"여자가 그렇게 말했어, 마스터 리들리라고.

우리가 집에 들어갔을 때 이상한 소리를 중얼거렸어.

'당당하게 굴어요'라고 말했어. 마스터 리들리

어쩌고 저쩌고."

"오늘 우리는 신의 은총으로 영국에 촛불을 밝힐 것이고,

이 불꽃은 영원히 꺼지지 않을 것입니다,"

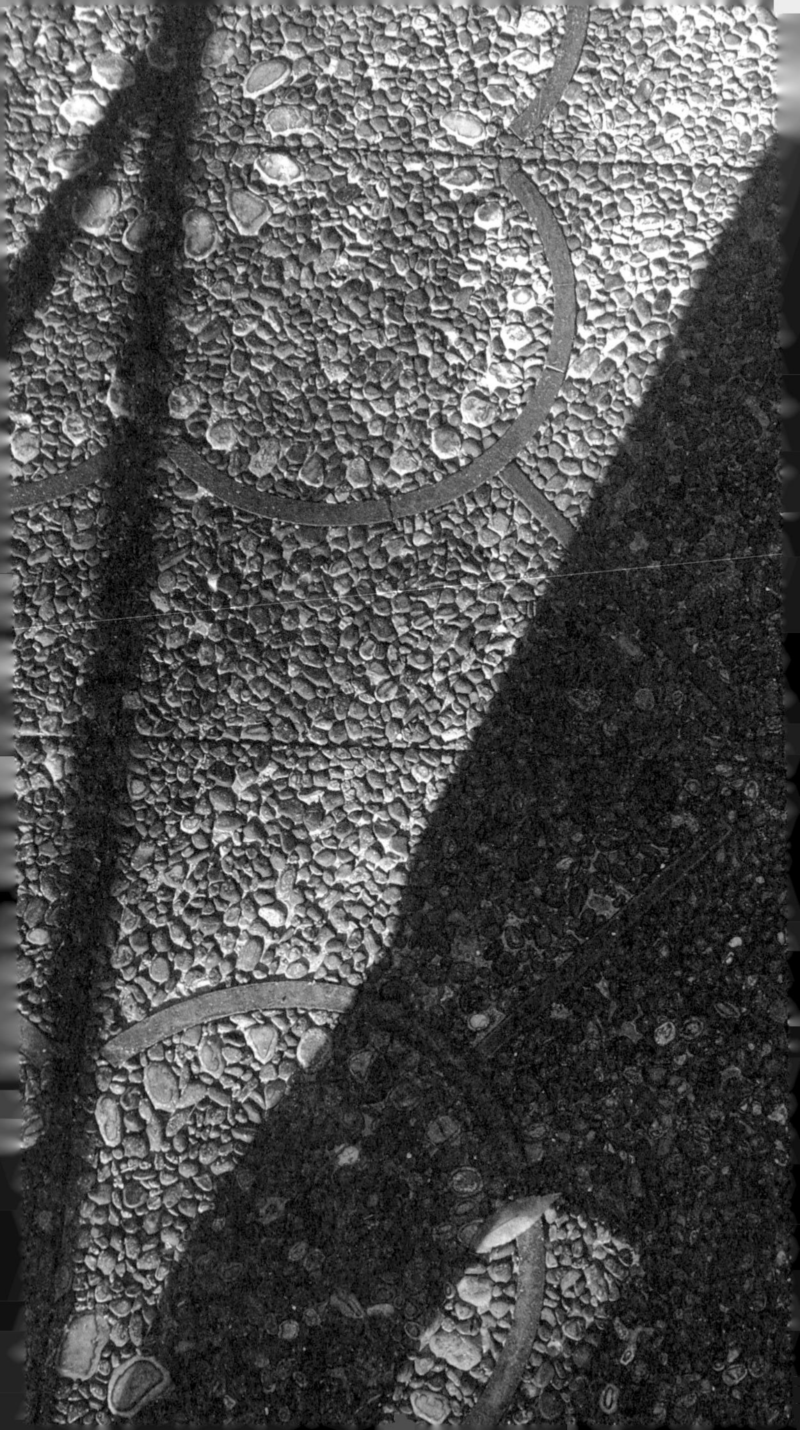

비티가 말했다.

"라티머라는 자가 1555년 10월 16일에 이단 죄로
옥스퍼드에서 화형당할 때 니컬러스 리들리한테
했던 말이야."

"머릿속이 온통 뒤죽박죽이야."

비티가 말했다.

"방화서장들은 대부분 다 그래."

✦/인용 끝/✦

레이 브래드버리의 기억력에 관한
흥미로운 일화가 있습니다.

그는 기억력 때문에 글을 쓰기 시작했거든요.

레이 브래드버리는 열 살 때 라디오 듣는 것을
굉장히 좋아했어요.

〈마법사 찬두〉라는 라디오 프로그램을 가장 좋아했는데,
매일같이 들었죠.

이 프로그램이 월요일에서 금요일까지 오후 4시에
방송된다고 상상해봅시다.

그리고 30분 정도 걸린다고 상상해보세요.

주중이면 매일같이, 학교에서 돌아온 열 살의 레이가
숙제를 마치고 라디오 앞에 앉았을 것입니다.
정각 4시에 경건한 마음으로 라디오 앞에 앉아,
엄청나게 집중해서 〈마법사 찬두〉를 들었겠죠.
그는 4시 반이 되어 방송이 끝나면 라디오를 끄고
오후 내내 그날의 에피소드에서 기억나는 내용을
한 단어 한 단어 적기 시작했어요.
매일 이렇게 한 덕분에 레이는 기억력이 엄청 좋아졌고
〈마법사 찬두〉의 대본 전체를, 단어 하나하나,
말 하나하나를 모두 기억할 수 있게 되었어요.
그러나 토요일과 일요일은 찾아오기 마련이죠.
〈마법사 찬두〉의 방송이 없는 날 말입니다.
토요일과 일요일에도 열 살의 레이 브래드버리는
오후 정각 4시에 경건한 마음으로 라디오 앞에 앉았어요.
그렇지만 라디오를 켜지는 않았습니다.
그저 가만히 앉아 있었죠. 침묵 속에.
그리고 4시 반이 되면 글을 쓰기 시작했어요
〈마법사 찬두〉의 그날의 에피소드가 될 법한 이야기를.
이렇게 레이 브래드버리는 열 살 때 처음으로
단편소설을 쓰게 됩니다.

그리고 성인이 되어 유명한 작가가 되죠.

흥미롭지 않나요?

✦

감미롭고 고요한 명상에 잠기어

지나간 옛 기억을 불러올 때면,

내가 찾던 많은 것들을 이루지 못함에 한숨짓고,

옛 슬픔이 밀려와 귀한 시간 허비했음을 새삼 한탄하네.

죽음의 끝없는 밤 속에 묻힌 소중한 친구들을 위해

메말랐던 눈이 눈물에 잠기고,

오래전 끝난 사랑의 고통에 다시 눈물짓고

사라져간 여러 모습들의 상실을 애도하네.

그러면 지나간 아픔을 다시 아파하며,

무거운 심정으로 비통한 사연을 일일이 헤아려

그 슬픈 사연들을 되풀이하여 말하고,

진작에 그 값을 치렀는데도 다시 치르네.

✦

관객들은 시행을 반복해서 외운다….

〈소네트 30〉의 12행입니다.

✦/인용 시작/✦

〈아름다움과 위로〉, 조지 스타이너.

러시아의 시인 오시프 만델슈탐✦은 체포되어

고문당하다 블라디보스토크 에서 사망했습니다.

만델슈탐의 시와 저서들은 모두 압수당했습니다.

그러자 그의 아내인 나데쥬다는

만델슈탐의 시 한 편을 열 명의 사람들에게

가르쳐주기 시작했습니다.

나데쥬다는 지인들과 낯선 사람들을

부엌으로 초대해서 시 한 편을

열 명의 사람들에게 알려주었습니다.

그렇게 60편의 시를 600명의 사람들이 알게 된 셈이죠.

✦ 러시아의 문학 운동인 아크메이즘Acmeism의 중심적 인물로, 이 운동
은 상징주의에 반대하며 형식의 간결함과 표현의 명확성을 강조했다.
그는 스탈린에 대한 비판적인 시를 쓴 것으로 알려져 있으며, 이로 인해
1938년에 체포되어 강제수용소에서 결국 사망했다.

만약 600명의 사람들이 또 다른 열 명에게 다시 시를
알려준다면, 그 숫자는 걷잡을 수 없이 늘어나겠죠.
덕분에 만델슈탐의 시들은 안전했어요.
그들을 막을 길은 없었습니다.
저는 이것이, 우리가 할 수 있는 가장 깊은 형태의
출판이라 생각합니다. 영혼으로 하는 출판.
열 명의 사람들이 시 한 편을 외우게 되면,
구소련의 KGB도, 미국의 CIA도, 게슈타포도
어떻게 할 수 없어요.
그 시는 살아남을 것입니다.
✦✦ /인용 끝/ ✦✦

나데쥬다의 부엌에서 시를 외운 낯선 사람 중에
요세프 브로드스키라는 이류의 학생이 있었어요.
브로드스키는 후에 유명한 에세이 작가가 되고
만델슈탐의 작품들을 영어로 번역했습니다.
그는 노벨 문학상까지 타게 됩니다.
나데쥬다가 80년대에 사망하자 브로드스키는
미국의 한 신문에 그녀를 위한 사망 기사를 씁니다.

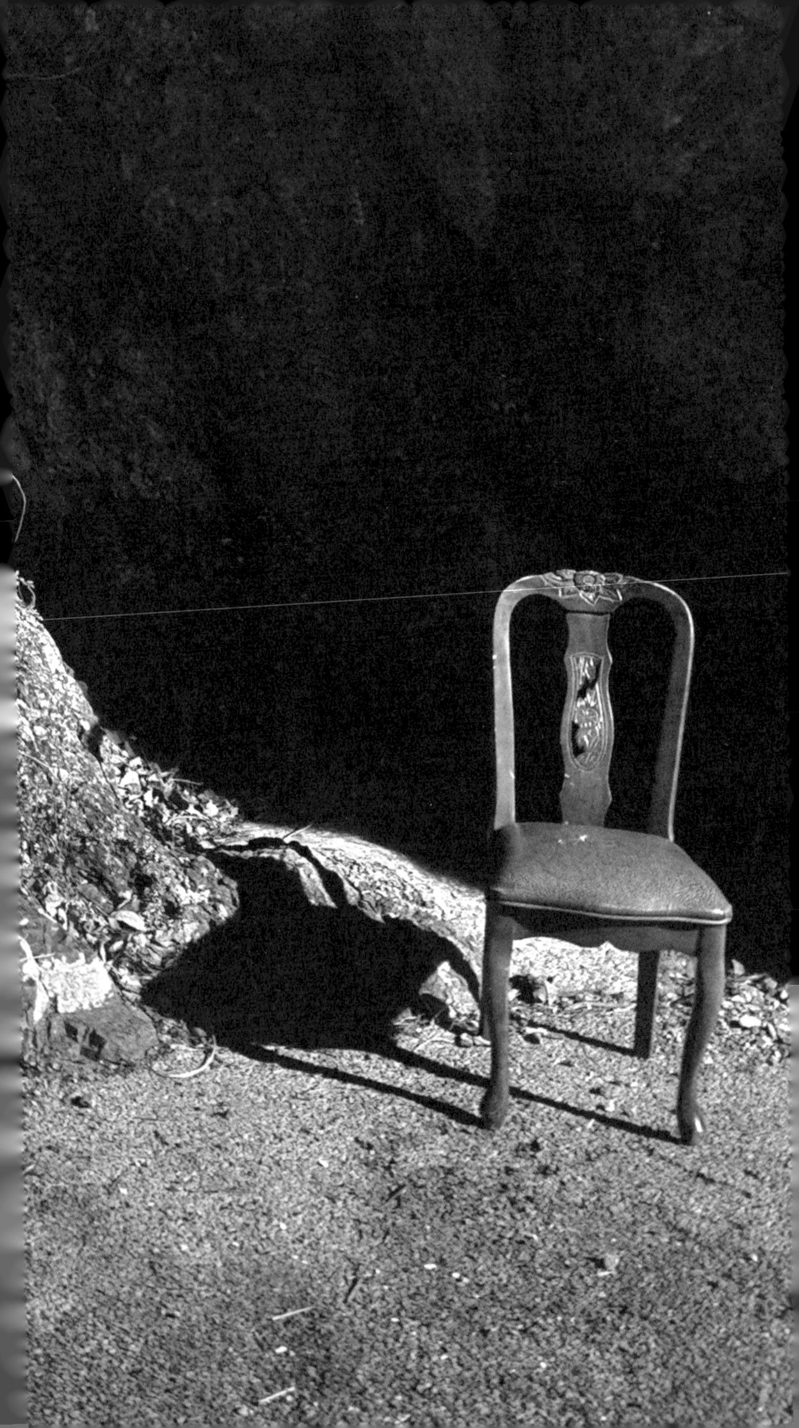

✦✦ /인용 시작/ ✦✦

요제프 브로드스키의 나데쥬다 만델슈탐 사망 기사.

나데쥬다와 오시프 만델슈탐의 결혼 생활에서

두 사람의 유대감을 강화한 것은

실질적인 문제였습니다.

종이에 인쇄할 수 없는 모든 것들을,

그의 시들을 기억 속에 새기려는 절실함.

죽은 남편의 말을 밤낮으로 반복하는 것은

그의 말을 더 잘 이해하기 위한 시도였을 것입니다.

그러나 남편의 목소리를 되살리고 싶은

마음이기도 했습니다.

오직 그의 목소리만이 가질 수 있는 독특한 억양과,

덧없이 사라지지만 분명히 느껴지는 그의 존재감과,

기쁠 때나 힘들 때나, 특히 힘들 때에도

남편이 서약을 지켰다는 생각과 함께.

이는 단순히 말에 대한 것이 아니라,

기억 속에서만 살아남을 수 있는

모든 것들을 의미했어요.

이런 생각들이 서서히 나데쥬다를 사로잡았습니다.

사랑을 대신하는 게 있다면 그것은 바로

기억일 것입니다.

이때, 마음으로 외우는 행위는

친밀감을 회복하는 것을 뜻합니다.

✦✦ /인용 끝/ ✦✦

러시아어로 나데쥬다는 희망을 뜻해요.

나데쥬다 만델슈탐의 회고록 중 1권✦이

정말 훌륭합니다.

제목이 '나데쥬다 대 나데쥬다' 즉 '희망 대 희망'이에요.

다시금《화씨 451》의 마지막 부분이 생각나네요.

소설 마지막에 책을 사랑하는 소방관 몬태그가

저항군에 가담하기로 결심합니다.

저항군? 수동적인 군대를 뜻해요.

금지된 책들을 마음으로 외우는 사람들이요.

그들은 책을 외우고 전부 불태워버려요.

✦ 나데쥬다 만델슈탐은 남편과의 결혼 생활 및 강압적인 스탈린 체제에 대한 두 편의 회고록을 집필했다. 회고록은 2권으로 이루어져 있는데,《희망 대 희망》(1970)과《버려진 희망》(1974)이 있다.

금지된 책들을 소지하고 있다가 걸리지 않기 위해서.

그리고 계속해서 기다립니다.

그들은 법을 지키는 시민들이며

신중하고 평범한 사람들로, 일상을 살아가며

그날이 오기만을 기다립니다.

책이 더 이상 금지되지 않는 그날이 오면

그들은 외우고 있던 책들을 큰 소리로 낭독할 것이고

그러면 책은 다시 종이에 출판될 수 있을 것입니다.

저항군은 모두 암호명을 사용합니다.

보통 외우고 있는 책의 제목이나

작가의 이름을 사용합니다.

《심판》을 마음으로 외운 '카프카' 병사가 있습니다.

'걸리버' 병사가 있고, '헤밍웨이' 병사가 있어요.

제가 가장 좋아하는 병사는 '밤은 부드러워'입니다.

항상 야산 근무를 서죠.

그런데 어떤 책들은 한 사람이 외우기에는

너무 방대합니다. 이런 경우에 저항군은 커플이나

소대, 대대를 형성해요. 아주 유명한 커플이 있어요.

'톨스토이'와 '전쟁과 평화' 커플이죠.

일곱 명의 군인으로 이루어진 소대도 있어요.

‘프루스트’ 혹은 ‘잃어버린 시간을 찾아서’ 소대입니다.

당연히 ‘성서’ 대대도 있습니다.

그리고 오늘 밤 이곳에서 우리는 ‘삼공(30)’ 소대를

모집하고 있습니다.

혹시라도 셰익스피어의 소네트들이 불에 타거나

파괴될 경우, 극장 측에서 이 열 명의 관객을 찾아서

다시 소집하면 우리는 〈소네트 30〉을 지킬 수 있어요.

물론, 마지막 두 사람이 남은 시행을 모두 다

외운다는 전제하에서 말입니다.

✦

그러나 친구여, 그대를 생각하면,

모든 아픔은 치유되고 슬픔은 끝이 나네.

✦

관객들은 시행을 반복해서 외운다….

✦✦ /인용 시작/ ✦✦

〈아름다움과 위로〉, 조지 스타이너.

구약 성서인 《에스겔서》에서 하느님은 예언자에게
글을 받아 적게 한 다음에 말합니다.
"이 두루마리를 먹어라."
히브리어로 먹다ahal는 먹다eat예요.
다른 은유는 전혀 없습니다.
입에 넣고 삼키는 행위를 뜻해요.
스파이가 비밀 메세지를 삼키듯이.
왜 첩보 소설에서 그렇게 하잖아요.
놀란 예언자는 명령에 따르고 이것은 당연히
글이 우리의 일부가 된다는 것을 뜻합니다.
온전히 우리의 일부가 되는 것이죠.
엘리자베스 시대의 위대한 극작가이자
셰익스피어의 경쟁자 벤 존슨은 섭취하다ingest라는
단어를 사용했을 것입니다. 당신은 그것을 섭취합니다.
삼킵니다. 당신 안에서 그것은 섬유질을 이루고,
마음을 이룹니다.
코르 코르디스 수르숨cor cordis sursum,
바로 마음의 마음이 됩니다. 당신 안에 남을 것입니다.
불현듯 당신은 당신 내면의 집이 아름다운 가구들로
채워져 있다는 사실을 깨닫게 됩니다.

우리는 대부분 많은 것을 창조해내지 못해요.

그래서 우리 내면의 집에서 위대한 정신을,

거룩한 영혼의 동행을 찾을 수만 있다면,

밀턴이 책들을 위대한 정신의 활력소라 불렀듯이,

우리는 아름다운 가구들이 가득한 집으로

돌아갈 수 있게 될 것이고,

내면의 집은 아주 멋지게 장식되어 있을 것입니다.

✦/인용 끝/✦

스타이너 교수는 모르는 게 없겠지만,

그럼에도 포르투갈어로 '장식하다'와

'마음으로 외우다learn by heart'가

동의어라는 사실은 모를 것입니다.

포르투갈어로 '마음으로 외우다'는

두 가지로 표현할 수 있어요.

아프랜대 지 코르aprender de cor에서

아프랜대aprender는 배우다to learn를 의미하고

코르cor는 마음을 뜻하는 큐라사오Curaçao의 고어입니다.

'아프랜대 지 코르'는 마음으로 외운다는 뜻입니다.

데코라decorar라는 표현도 있어요.

'데코라'도 외운다는 의미입니다.

그런데 장식한다는 뜻이기도 해요.

예를 들어, 실내 장식이나 집을 장식하는 경우처럼.

배우가 된 이후로 저는 항상 '아프랜대 지 코르'라는

표현을 선호해왔어요.

조금 더 낭만적이고 모험적인 느낌이 들었거든요.

'데코라'는 조금 시시한 것 같기도 하고.

그런데 내면의 집이 아주 멋지게 장식되어

있을 것이라는 스타이너 교수의 얘기를 들으니까,

글쎄요.

그리 흥미로운 이야기가 아니라는 거 알아요.

그리 중요한 이야기도 아닙니다.

하지만 세상에 널리 알리고 싶어요.

제가 포르투갈어 동사 '데코라'를 좋아하게 되었다고.

이제, 저는 텍스트를 장식합니다.

우리 할머니 이야기가 어떻게 끝나는지

말씀드리기 전에, 작은 서프라이즈가 있어요.

열 명의 병사들을 위한 선물입니다.

셰익스피어를 먹어버리는 거예요.

알아요. 오늘 이 극장에 들어섰을 때

이런 것을 기대하지는 않았겠죠.

하지만 우리는 셰익스피어를 먹어버릴 거예요.

저는 한 베이커리에 〈소네트 30〉을 먹을 수 있는

방법을 찾아달라고 부탁했어요.

그런데 방법을 찾았더라고요.

얇은 과자에 〈소네트 30〉을 새겨줬습니다.

사실 성당에서 먹는 성찬용 빵에 더 가깝습니다.

여기, 가지고 왔어요.

엄청나게 뛰어난 맛을 자랑하지는 않습니다.

밀가루와 물에 소금이 조금 들어간 정도.

그래도 다이어트식이에요.

채식주의자도 먹을 수 있어요.

하지만 주의하세요. 글부텐이 들어 있거든요.

셰익스피어어의 글에는 항상 글루텐이 들어 있잖아요.

드시기 전에, 마지막으로 드릴 말씀이 있습니다.

잠시 후에 마지막으로 소네트를 낭독해달라고

요청할 텐데, 그것이 오늘 공연의 끝입니다.

첫 4행은 합창단처럼 다 같이,

그다음 행들은 각각 한 명씩.
아주 중요한 일이에요.
적어도 저한테는요.
아니, 우리 모두에게 중요한 일입니다.
우리는 오랜 시간을 함께했고,
이 공연이 무사히 잘 끝나길 바라니까요.
소네트를 외우다가 확신이 없을 때,
소네트가 새겨진 과자 주위를 베어 물며
기억을 돕는 용도로 활용해보세요.

조지 스타이너에게 편지를 보내고 얼마 후에
저는 두 번째 편지를 보냈어요.
'삼공(30) 소대'가 셰익스피어를 먹어버리는 동안에
그 편지를 읽어드릴게요.

친애하는 스타이너 교수님께.
또 다시 귀찮게 해서 죄송합니다.
이번에는 부탁드릴 일은 없어요.
요리사였던 칸디다 할머니의 이야기가
어떻게 끝나는지 알려드리려고 편지를 씁니다.

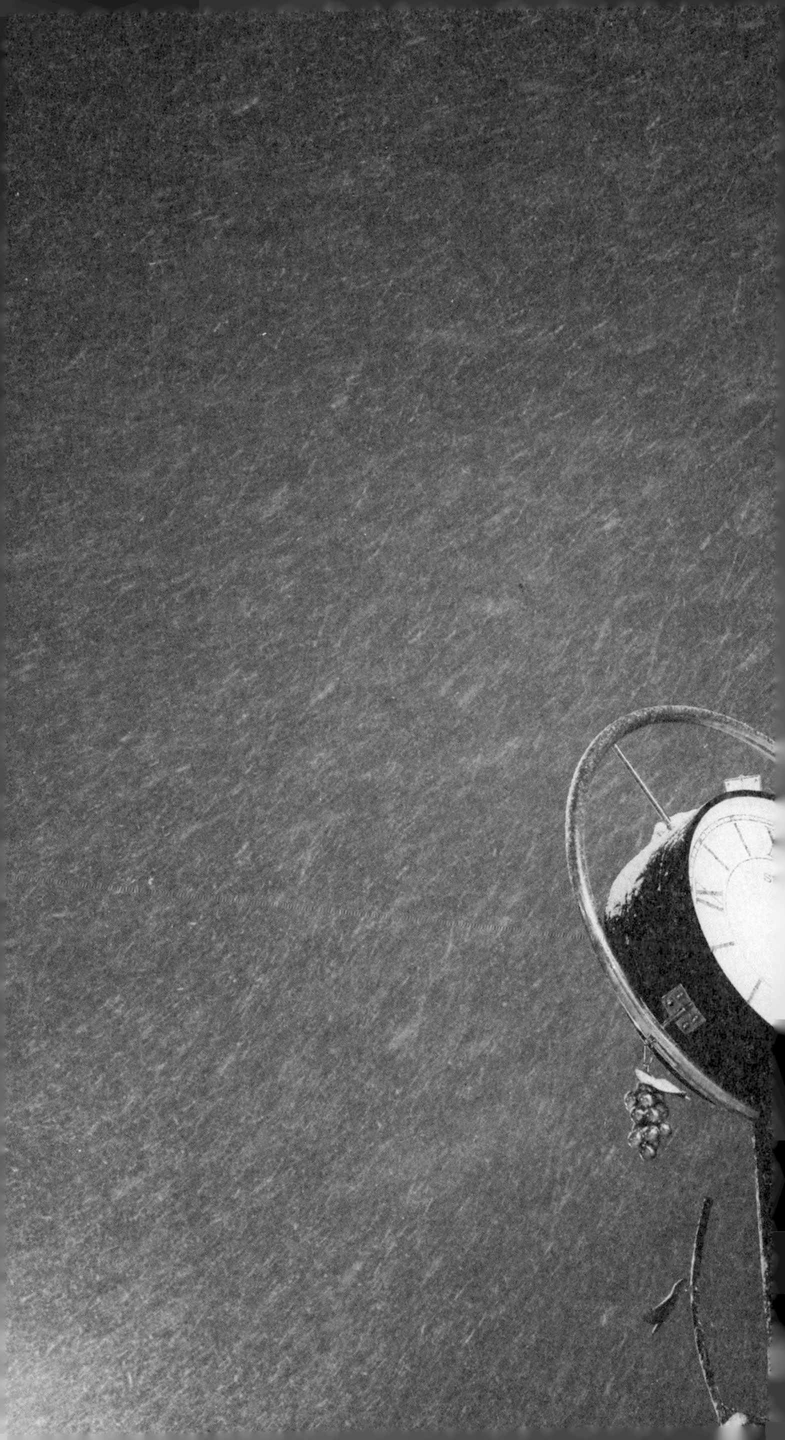

저는 할머니에게 셰익스피어의《소네트》를 드렸어요.
"이 책이에요"라고 말했죠.
할머니는 아무것도 묻지 않고 책을 받아주셨어요.
그리고 침대 아래 과일 상자에 남아 있던 책들을
전부 다 저에게 주셨어요.
저는 할머니의 침실을 비웠습니다.
침대 옆 탁자에는《소네트》만 남아 있었어요.
할머니 내면의 집을 장식하기 위한 소네트들.
할머니를 만나고 집으로 돌아온 다음에 저는
주기적으로 할머니한테 전화를 했습니다.
일주일이 지나자, 하루에 소네트 한 편씩,
할머니는 이미 일곱 편의 소네트를 외우셨어요.
전화기 너머로 할머니는 제 선택이
마음에 든다고 하셨어요.
만약에 소설을 골랐다면 이야기의 결말을
채 읽기도 전에 눈이 멀어버릴 수도 있으니까요.
그럼 평생 결말도 모른 채 살아가야 하잖아요.
남은 생애 동안 끝마치지 못한 이야기를
머릿속에 지닌 채 결말을 기억하지 못해 괴로워하면서.
시들이 너무 아름답다고 할머니가 말씀하셨어요.

"소네트를 읽을 때마다 새로운 것을 발견하게 돼.
시들은 끝이 없어. 나는 삶의 현 시점에서
끝나지 않는 것들이 좋단다."
저는 할머니에게 다음에 할머니 집에 가면 소네트
한 편을 외워서 소리 내어 읽어달라고 부탁드렸어요.
할머니는 계속해서 찾아올 필요가 없다고 하셨어요.
눈이 멀고 있는 상황에서, 어차피 저를 볼 수도 없으니
굳이 먼 길을 올 필요가 없다고.
"내가 하는 말을 듣는 게 중요하다면 전화하렴.
기름값도 비싼데 말이야."
이어지는 몇 주 동안 저는 할머니에게 전화를 했어요.
할머니는 소네트 외우는 것을 점점 더 힘겨워하셨어요.
장시간 읽지도 못하셨습니다. 눈이 타는 듯이 아파서.
기억력도 약해지고 있었어요.

지난 4월 25일, 칸디다 할머니는 아흔넷이 되셨습니다.
할머니를 깜짝 놀라게 해드리고 싶었어요.
나데쥬다 만델슈탐이 떠올랐죠.
그래서 열 명의 사람들을 모아서 할머니 생신날에
찾아갈 계획을 세웠어요.

우리에게 소네트 한 편을 가르쳐주실 수 있게 말입니다.

비밀리에 모든 것을 준비했습니다.

아버지와 친척들, 마을에 사는 할머니 친구들.

그렇게 열 명의 사람들이 양로원에 도착하자

할머니가 침실에 계시다는 안내를 받았습니다.

저희는 들어가서 할머니 침대 주위에 둘러 섰습니다.

칸디다 할머니가 우리를 쳐다보셨죠.

아직 완전히 시력이 사라지지는 않았어요.

우리를 볼 수 있었어요.

침대 옆 탁자 위에는《소네트》가 놓여 있었습니다.

창문을 통해 아주 오래된 불빛이 스며들었어요.

할머니는 우리를 알아보지 못하셨어요.

침대를 둘러싸고 있는 열 명의 사람들 중

그 누구도 알아보지 못하셨어요.

할머니에게 말을 걸었지만 저를 알아보지 못하셨어요.

그래서 물었죠.

"소네트는요? 기억나는 소네트가 있으세요?"

레이 브래드버리의 소설에 나오는 늙은 여인처럼,

할머니의 혀는 입안에서 꿈틀거렸고

눈은 무엇인가를 기억해내려고 애쓰고 있었어요.

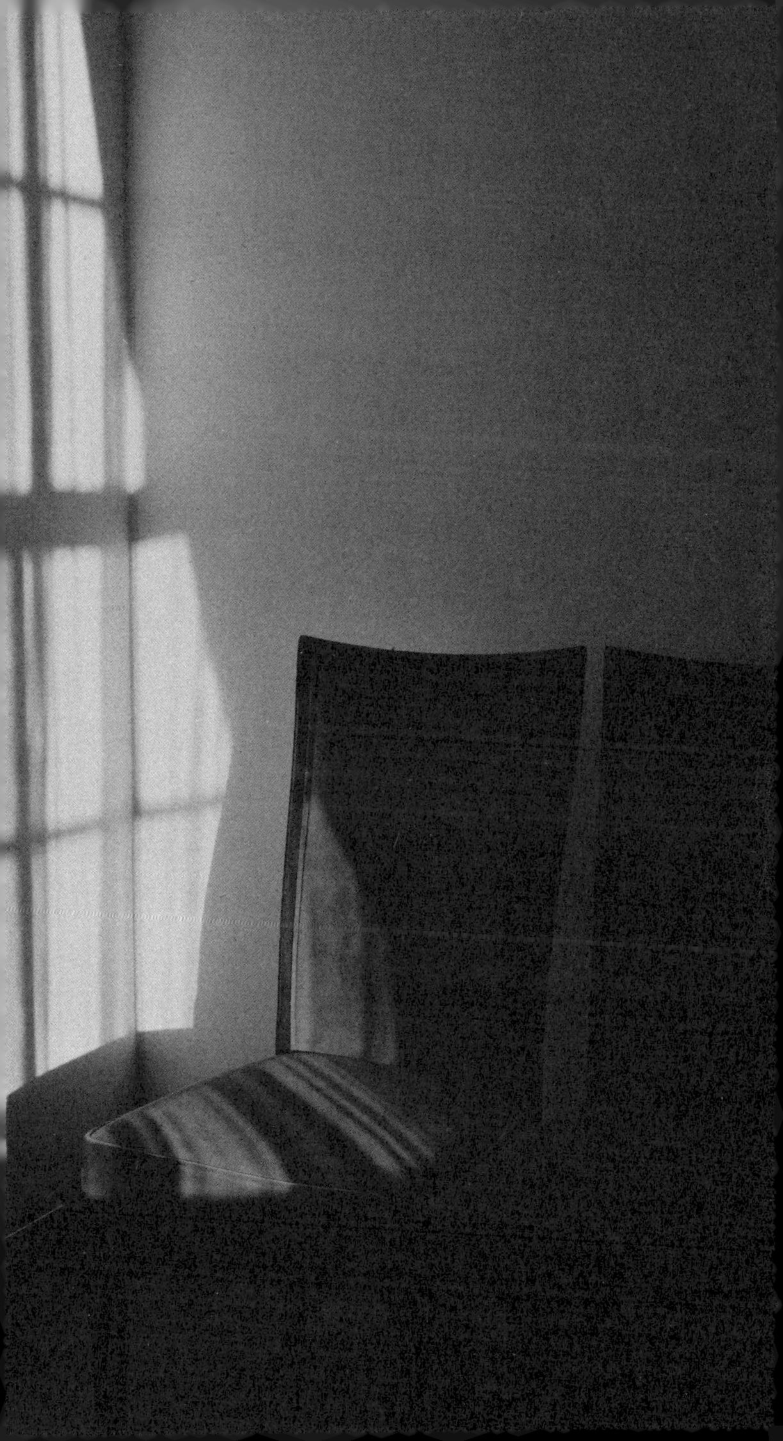

그러다 기억이 떠올랐는지 할머니의 입이
움직이기 시작했어요.
할머니는 소리내어 말씀하셨어요.

✦

감미롭고 고요한 명상에 잠기어
지나간 옛 기억을 불러올 때면,
내가 찾던 많은 것들을 이루지 못함에 한숨짓고,
옛 슬픔이 밀려와 귀한 시간 허비했음을 새삼 한탄하네.
죽음의 끝없는 밤 속에 묻힌 소중한 친구들을 위해
메말랐던 눈이 눈물에 잠기고,
오래전 끝난 사랑의 고통에 다시 눈물짓고
사라져간 여러 모습들의 상실을 애도하네.
그러면 지나간 아픔을 다시 아파하며,
무거운 심정으로 비통한 사연을 일일이 헤아려
그 슬픈 사연들을 되풀이하여 말하고,
진작에 그 값을 치렀는데도 다시 치르네.
그러나 친구여, 그대를 생각하면,
모든 아픔은 치유되고 슬픔은 끝이 나네.

✦

When to the sessions of sweet silent thought

I summon up remembrance of things past,

I sigh the lack of many a thing I sought,

And with old woes new wail my dear time's waste:

Then can I drown an eye, unused to flow,

For precious friends hid in death's dateless night,

And weep afresh love's long since cancelled woe,

And moan the expense of many a vanished sight:

Then can I grieve at grievances foregone,

And heavily from woe to woe tell over

The sad account of fore-bemoaned moan,

Which I new pay as if not paid before.

But if the while I think on thee, dear friend,

All losses are restored and sorrows end.

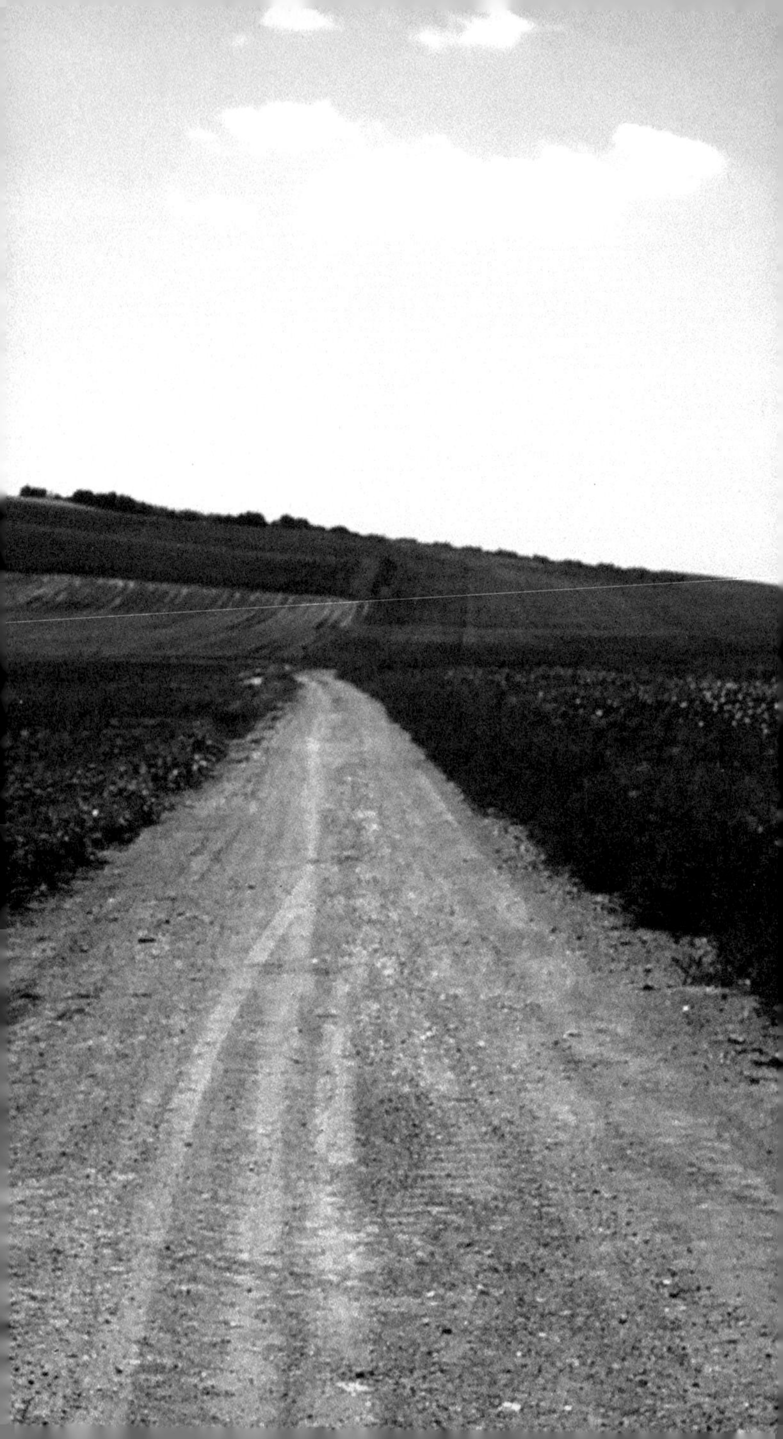

✦

〈바이 하트〉는 '기억하기'라는 주제를 중심으로 세 가지 이야기가 유기적으로 전개된다. 첫 번째는 티아구 호드리게스가 시력을 잃어가는 할머니에게 선물할 마지막 책을 찾아가는 여정을 그린다. 두 번째는 〈아름다움과 위로〉에서 조지 스타이너의 인터뷰에 등장하는 여러 작가들의 일화와 레이 브래드버리의 소설 《화씨 451》에 대한 인용이다. 그리고 마지막은 무대 위에 오른 열 명의 관객이 셰익스피어의 〈소네트 30〉을 외우는 과정이다. 〈소네트 30〉의 14행이 관객들의 기억을 통해 완성되는 순간 공연은 마침내 막을 내린다.

〈바이 하트〉는 이 세 가지 이야기들이 교차하면서 개인적이면서도 집단적인 경험들이 연극적 세계 안에서 펼쳐진다. 무대 위에서 관객들이 소네트를 외우는 행위는 개인적인 경험이지만, 극장이라는 공적 공간에서 이루어지기 때문에 그 과정은 다른 관객들과 공유되는 집단적 경험으로 확장된다. 더욱이 〈바이 하트〉의 극작가이자 연출가, 그리고 배우이기도 한 티아구 호드리게스가 인용하는 조지 스타이너의 이야기는 '기억하기'라는 집단적 행위가 곧 저항이 될 수 있음을 시사한다. 바로 러시아 작가 보리스 파스테르나크의 일화처럼 말이다. 1937년 소련작가동맹 회의에서의 파스테르나크는 《닥터 지바고》를 완성하기 전이었지만, 이미 세계적인 명성을 얻은 작가였다. 그럼에도 당시 체제하에서 그는 개인으로서 발언할 수 없었다. 침묵을 지키던 파스테르나크가 마침내 회의 마지막 날, 단상에 올라 숫자 하나를 외쳤다. 그 자리에 모여 있던 군중은 그 숫자의 의미를 깨닫고 그 숫자가 의미하는 셰익스피어의 〈소네트〉를 외운다. 결국 '기억하기'는 체제에 저항하는 상징적인 행위가 된다.

시인 오시프 만델슈탐의 아내 나데쥬다의 일화도 흥미롭다. 나데쥬다는 강제 수용소에서 사망한 남편의 금지된 시들을 사람들에게 외우게 함으로써 만델슈탐은 죽었지만 그의 시들은 죽지 않고 살아남게 한다. 열 명이 또 다른 열 명에게 시를 전파하며, 그 시를 기억하는 사람들의 숫자는 점점 늘어갔다. 조지 스타이너는 이렇게 말한다. "열 명이 시 한 편을 외우면, 구소련의 KGB도, 미국의 CIA도, 게슈타포도 어떻게 할 수 없어요. 그 시는 살아남을 것입니다." 나데쥬다의 행동은 체제에 대한 저항이자, 남편에 대한 깊은 사랑의 표현이었다. 이처럼 우리의 마음은 금지된 이야기들을 안전하게 품을 수 있는 장소가 되어, 가장 혼란스러운 시기에도 문화를 지켜주는 힘의 원천이 된다.

극의 마지막 즈음, 티아구 호드리게스는 그의 할머니 칸디다의 삶과 책에 대한 사랑, 그리고 시력을 잃어가는 그녀를 위해 찾고 있는 단 한 권의 책에 대한 이야기로 돌아온다. 호드리게스는 할머니의 이야기를 통해 문학적 파편들이 얽힌 세계를 개인적인 사유로 끌어안는다. 할머니의 이야기를 마무리하며, 마지막으로 관객들과 함께 〈소네트 30〉의 14행을 낭송하는 장면에서 그 의미는 더욱 깊어진다.

수년 전, 삶의 마지막 순간에 소네트를 외우던 할머니의 모습은 이제 관객들의 목소리를 통해 환기되고 새롭게 깨어나면서, 문화적·정치적 맥락을 넘어, 가장 개인적이고 내밀한 순간이 되어 다가온다. 할머니의 마지막 책을 찾기 위한 티아구 호드리게스의 여정은 곧 관객들의 시간이 되고, 결국 〈소네트 30〉이라는 종착점에서 함께 그 여정을 마친다.

〈바이 하트〉는 소네트, 기억, 자유, 그리고 저항의 힘을 무대 위에서 노래한다. 극의 문체는 간결하며 작가 자신을 뽐내거나 드러내지 않기에, 극에서 인용된 글들 자체가 마치 주인공인 것처럼 살아 숨쉰다. 그 안에서도 가장 중요한 것은 칸디다 할머니에게 마지막 기억의 통로를 열어준 〈소네트 30〉다.

기억은 향이라는 감각과 연결되기 마련이다. 이를 반영하듯, 문학사에서 기억을 소환하는 가장 유명한 장면은 마르셀 프루스트의 《잃어버린 시간을 찾아서》일 것이다. 홍차에 담긴 마들렌 한 조각이 소년의 기억을 눈부시게 되살려내는 것처럼 말이다. 흥미롭게도 《잃어버린 시간을 찾아서》를 영어로 옮긴 스콧 몽크리프는 〈소네트 30〉의 두 번째 행에 나오는 "지나간 옛 기억 Remembrance of Things Past"을 이 소설의 제목으로 선택했다. 이처럼 〈소네트 30〉은 기억과 긴밀하게 연결된 작품이다. 그러나 티아구 호드리게스가 그리는 〈바이 하트〉의 세계에서는 향이라는 감각 대신, 무대 위 관객들의 '마음으로 외우는' 행위를 통해 기억의 통로를 열어 간다.

〈바이 하트〉는 2013년 리스본의 마리아 마토스 극장에서 초연되었고 얼마 지나지 않아 칸디다 할머니는 세상을 떠났다. 하지만 무대 위 열 명의 관객들이 온 마음을 다해 소네트를 외우고 낭송하는 순간, 할머니의 목소리는 생생하게 되살아난다. 이처럼 〈바이 하트〉는 연극의 본질을 고스란히 담고 있다. 바로 이야기하고 기억하는 것. 그로 인해서 끝없는 생명력을 얻게 되는 것.

〈바이 하트〉는 삶의 가장 절망적인 순간에도 진심을 다해 마음으로 무엇인가를 외우고 기억함으로써 우리의 존재 이유를 증명할 수 있다는 깊고도 강렬한 위로를 선사한다.

조지 스타이너는 글을 마음으로 외운다는 것은 그 글에 대한 가장 깊은 사랑의 표현이라고 말한다. 문득 궁금해진다. 내가 온 마음을 다해 기억하고 싶은 글은 무엇일까?

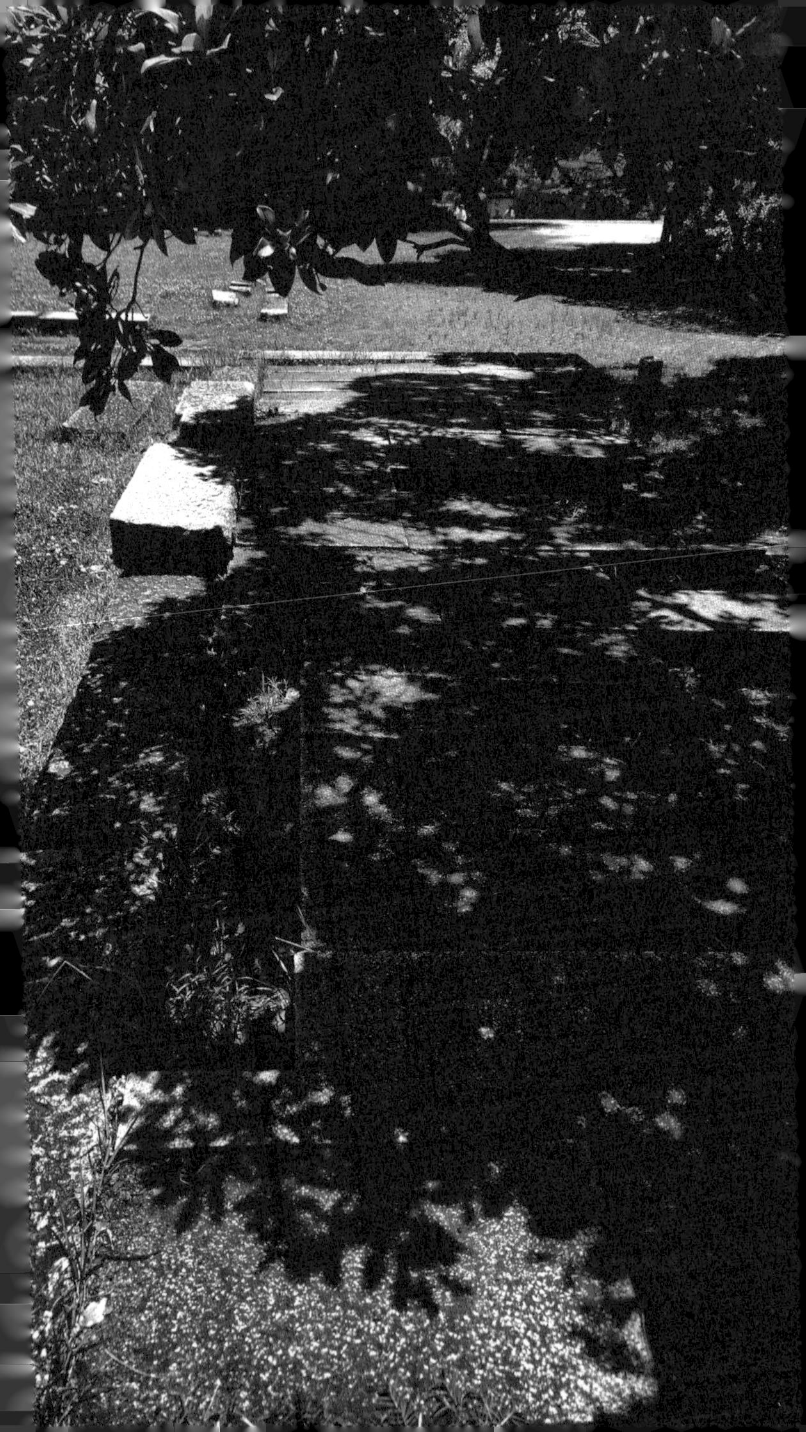

바이 하트

1판 1쇄 찍음 2025년 4월 21일
1판 1쇄 펴냄 2025년 5월 2일

지은이 티아구 호드리게스
옮긴이 이단비
펴낸이 안지미
사진·CD Nyhavn

펴낸곳 (주)알마
출판등록 2006년 6월 22일 제2013-000266호
주소 04056 서울시 마포구 신촌로4길 5-13, 3층
전화 02.324.3800 판매 02.324.3232 편집
전송 02.324.1144

전자우편 alma@almabook by-works.com
페이스북 /almabooks
트위터 @alma_books
인스타그램 @alma_books

ISBN 979-11-5992-435-4 04800
ISBN 979-11-5992-244-2 (세트)

이 책의 내용을 이용하려면 반드시 저작권자와 알마출판사의 동의를 받아야 합니다.

알마출판사는 다양한 장르간 협업을 통해 실험적이고 아름다운 책을 펴냅니다.
삶과 세계의 통로, 책book으로 구석구석nook을 잇겠습니다.